FRED NARIZGOTA Y LOS Patos Bebés

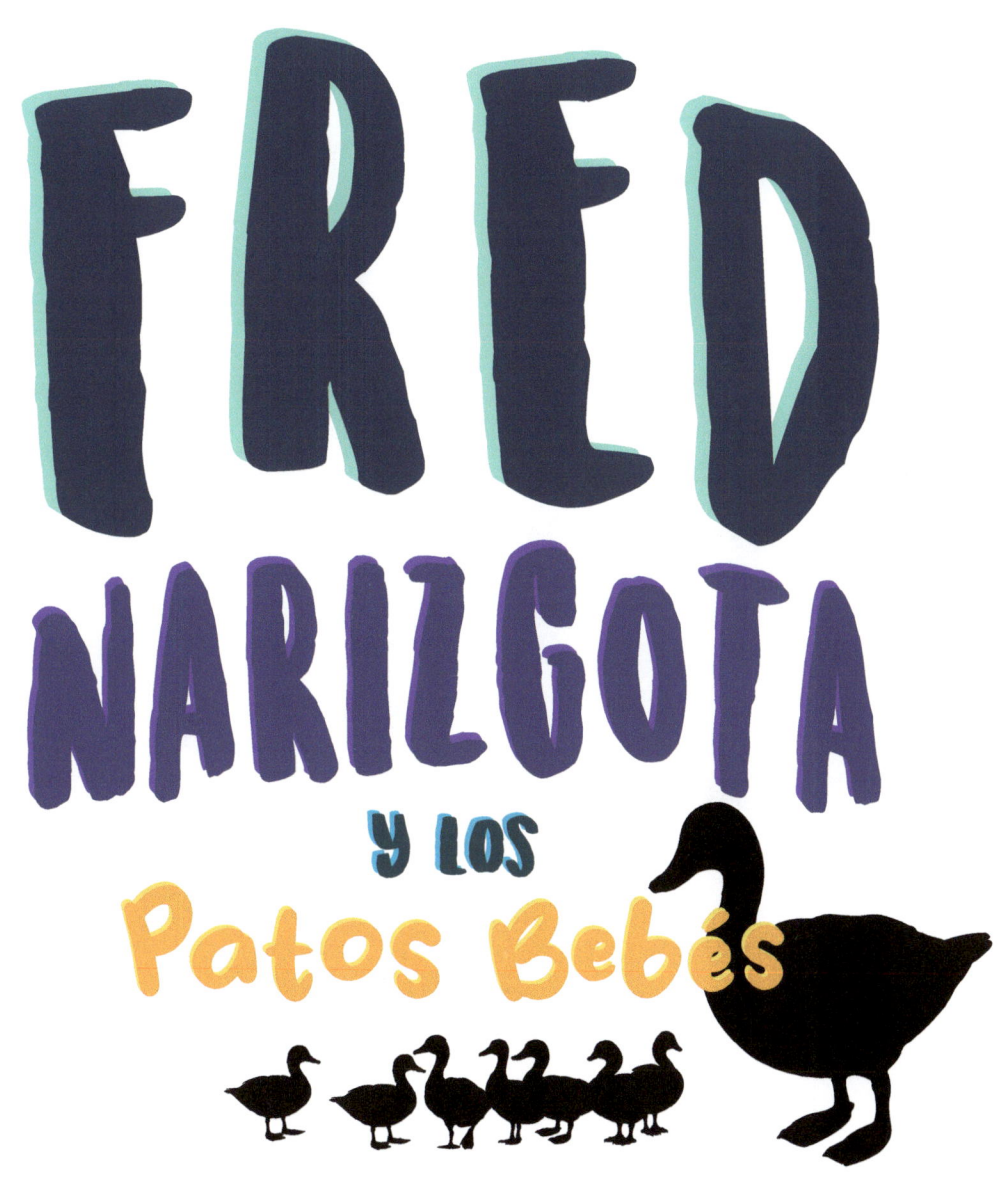

RICHARD MILLER

MILTON & HUGO L.L.C.
4407 Park Ave., Suite 5
Union City, NJ 07087, USA

Website: *www.miltonandhugo.com*
Hotline: *1-888-778-0033*
Email: *info@miltonandhugo.com*

Ordering Information:
Quantity sales. Special discounts are granted to corporations, associations, and other organizations. For more information on these discounts, please reach out to the publisher using the contact information provided above.

Library of Congress Control Number: 2025901686
ISBN-13:   979-8-89285-429-0   [Paperback Edition]
                  979-8-89285-430-6   [Hardback Edition]
                  979-8-89285-428-3   [Digital Edition]

Rev. date: 01/30/2025

Frederick Cornelius Johann Narizgota estaba preocupado. Durante las últimas dos semanas había estado muy preocupado. Fred Narizgota solía preocuparse mucho. Y, cuando se preocupaba, le goteaba la nariz. Su nombre le quedaba muy bien.

Hoy, Fred Narizgota de nuevo estaba preocupado.

Él y su mejor amigo, Phil Erupto, habían encontrado a una mamá pato acostada en un nido con siete huevos. El nido estaba debajo de un arbusto. El arbusto estaba al lado de la pared de una gran iglesia que se paraba orgullosamente justo en el centro del pueblo. La iglesia era muy grande y muy concurrida, y Fred Narizgota (pues así lo llamaban) estaba preocupado de que alguien de la iglesia, con tanto ir y venir, espantara a la mamá pato de su nido de siete huevos. No a propósito, claro, pero quizás por accidente. Por eso, Fred Narizgota y Phil Erupto decidieron mantener en secreto el nido del pato.

Cada mañana, Fred Narizgota y su mejor amigo, Phil Erupto (así lo llamaba Fred), se levantaban de la cama, se vestían y caminaban desde su casa en la calle Valla hasta la gran iglesia en el centro del pueblo para ver si la mamá pato seguía sentada sobre sus siete huevos. En una mañana soleada de primavera —era jueves— comenzaron su caminata. Caminaban cada vez más rápido, porque Fred se sentía más preocupado de lo habitual.

Cuando llegaron al arbusto junto a la gran iglesia, Fred Narizgota miró el nido y gritó:

—¡Oh! ¡OH! ¡OH, CARIÑO! Los siete huevos han eclosionado y todos se fueron.

Y claro, los siete huevos HABÍAN eclosionado. Estaban partidos por la mitad, con la parte redonda tocando el suelo y los bordes agrietados apuntando hacia arriba. Estaban vacíos.

—Todos se han ido —repitió Fred Narizgota, comenzando a preocuparse otra vez. Ahora estaba preocupado de que los siete patitos no hubieran llegado sanos y salvos al arroyo, ya que este estaba algo lejos.

—Se han ido —repitió Phil Erupto—, pero ¿a dónde y cómo?

—No lo sé —respondió Fred Narizgota—, pero creo que iré a buscarlos

—Buena suerte, Fred Narizgota. Yo volveré a nuestra casa en la calle Valla a tomar café. — respondió Phil Erupto Se despidieron.

Fred Narizgota pasó frente a la gran iglesia en el centro del pueblo, subió y bajó las grandes escaleras, cruzó con cuidado la concurrida calle principal, mirando a ambos lados, pero no vio a ninguna mamá pato ni a ningún patito en la calle. Siguió caminando por el sendero que conducía al arroyo. Cuando llegó, se detuvo, miró el agua y pensó. Pensó y pensó.

El agua estaba clara. Era un poco profunda y fluía muy rápido, sonando "splish-splash" contra las muchas rocas.

—Creo que este no sería un buen lugar para traer a siete patitos —dijo Fred—. Lucharían contra el agua rápida y podrían golpearse contra las rocas. ¡Oh! ¡Oh! ¡OH, QUÉ HORROR!

Fred Narizgota decía palabras graciosas cuando estaba molesto, porque sus emociones flotaban en su cerebro y su boca hasta que salía una palabra extraña.

Siguió caminando junto al arroyo, hacia unos edificios muy antiguos. Uno tenía un letrero que decía "Curtiembre".

—¡Oh! —exclamó Fred—. Este es uno de los edificios históricos de nuestra sociedad.

Cerca de la curtiembre estaban los cimientos de la primera carnicería de la ciudad. Fred Narizgota sabía de esta carnicería porque su tataratatarabuelo había sido el primer carnicero! Había llegado en un pequeño barco desde un lugar llamado Silesia, y así había comenzado la historia de la familia de Fred en América.

Del otro lado del camino estaba el molino, donde se molía el grano. Allí vio a una señora con dos niñas pequeñas, ambas rubias.

—Hola —dijo Fred Narizgota—. ¿Han visto a una mamá pato con sus siete patitos?

—Me llamo Ruth —dijo la niña más pequeña—. Tengo una cobaya que se llama Daisy.

—Eso es muy interesante —respondió Fred—, pero ¿han visto algún pato hoy?

—¡NO! —gritaron las niñas, y luego se disculparon. Su madre las llevó por otro camino, y Fred siguió caminando.

Fred Narizgota estaba aún más preocupado, pero siguió buscando. Caminó hasta el pequeño puente de piedra que cruzaba el arroyo. Se detuvo en el medio del puente y miró de un lado a otro. Cuando miró hacia un lado, vio que el agua estaba muy agitada. Cuando miró hacia el otro lado, vio que el agua estaba mucho más tranquila. "Una mamá pato pondría a sus bebés en el agua tranquila", pensó. No había patos en el lado tranquilo, pero sí había un gran pájaro negro sentado en una rama baja, bebiendo agua.

—¿Has visto algún patito? —preguntó Fred Narizgota al gran pájaro negro.

El gran pájaro negro miró a Fred de forma un poco extraña, pero no dijo nada.

—Claro que no —dijo Fred para sí mismo—. Todo el mundo sabe que los grandes pájaros negros no pueden responder preguntas.

Fred Narizgota regresó por donde había venido. Mientras caminaba, miraba esperanzado y cuidadosamente el arroyo, pero no se veían patos. Pensó que debería caminar junto al arroyo y observarlo mientras avanzaba.

Así que regresó al parque viejo, pasó junto a los edificios viejos, hasta que llegó a un puente nuevo sobre el arroyo. Esto lo llevó a un estacionamiento donde había un camión estacionado. Dentro del camión, un hombre estaba sentado mirando su teléfono.

—Hola —dijo Fred Narizgota.

—Hola tú también —respondió el hombre malhumorado.

—¡OH! —pensó Fred—. No parece muy amigable.

—¿Has visto algún patito con su mamá? —le preguntó Fred al hombre malhumorado.

—He estado sentado en mi camión mirando mi teléfono. No, no he visto ningún patito y tampoco he visto patos bebés —respondió el trabajador de la ciudad con un tono de disgusto.

—¡Oh, cielos! —pensó Fred—. Definitivamente no es muy amigable y, además, debería haber sabido que los patos bebés se llaman patitos.

Pero Fred Narizgota, aunque a veces podía tener pensamientos poco amables, era un hombre genuinamente cortés y paciente. Por eso, con una sonrisa tranquila, le dijo al hombre:

—Tiene toda la razón. He estado llamándolos patos bebés, pero en realidad debería decir patitos. Gracias por corregirme, lo tendré en cuenta.

Tras escuchar esto, el hombre esbozó una sonrisa inesperada y respondió:

—Espero que encuentre a los patitos. Parece ser algo importante para usted.

Fred continuó caminando un poco más junto al arroyo hasta que llegó a un encantador sendero cubierto de hierba que conducía directamente al agua.

—Este parece un lugar perfecto para que los patitos bajen al arroyo —pensó. Pero al mirar hacia el agua, notó que había numerosos gansos canadienses justo en el lugar donde los patitos podrían haber entrado. Algunos descansaban plácidamente en la orilla, otros se acicalaban las plumas con esmero, y unos cuantos estaban de pie en el arroyo, observando su entorno con atención. Sin embargo, ninguno de ellos estaba nadando.

—¡Oh! ¡OH! ¡QUÉ DESAGRADABLE! —exclamó Fred Narizgota—. No soporto a los gansos canadienses. Siempre me silban, graznan y agitan esas enormes alas de manera molesta. No, definitivamente no me agradan los gansos canadienses. Aunque me caen bien las personas de Canadá, los gansos de Canadá son otra historia.

Por eso, decidió no molestarse en preguntarles si habían visto a la mamá pato y a sus siete patitos.

Caminó por la orilla del arroyo hasta llegar a la calle que pasaba junto a la Universidad. Allí, el arroyo fluía bajo la calle, y un encantador puente permitía el paso del tráfico. Fred Narizgota cruzó la calle y avanzó hasta el centro del puente, desde donde pudo divisar una parte del arroyo.

De repente, algo se movió a su izquierda, en el agua. Era un papá pato. Aunque no estaba seguro de si el pato le respondería, decidió preguntar:

—Oh, disculpa, Papá Pato, ¿sabes dónde están la mamá pato y sus siete patitos? ¿Eres su papá?

El papá pato, como era de esperarse, no dijo nada, pero le lanzó a Fred Narizgota una mirada significativa antes de girarse y empezar a nadar corriente abajo.

—¡Oh! ¡OH! Hmmm... —dijo Fred Narizgota—. Me pregunto...

Sin embargo, mientras reflexionaba, pensó: Estoy realmente cansado de tanto caminar, buscar y preocuparme, y además, tengo mucha hambre. Estoy muy lejos de mi casa en la calle Fence. Pero caminaré un poco más en busca de la mamá pato y sus siete patitos, porque mi preocupación por ellos supera mi cansancio y hambre.

Caminó intentando observar el arroyo, pero los árboles y arbustos eran tan densos que le impedían ver nada. Sin embargo, al poco tiempo llegó a una curva en el camino donde la acera le permitió tener una mejor vista del arroyo. Allí, junto a la barandilla del siguiente puente, estaba su amigo Phil Erup.

—¡Mira! —exclamó Phil, señalando hacia el agua—. ¡Aquí está una mamá pato con siete patitos! ¡Creo que los encontramos!

—¡Oh! —dijo Fred, emocionado—. ¡Oh, OH, OH… AQUÍ ESTÁN! ¿No son hermosos? ¿No son maravillosos? ¡Estoy tan feliz de que los encontramos! Ahora puedo regresar a mi casa en la calle Fence y disfrutar mi almuerzo.

—¡Y puedes dejar de preocuparte! —añadió Phil Erup con una sonrisa.

—¡Claro que sí! Puedo dejar de preocuparme —respondió Fred con alivio.

¡Y eso fue exactamente lo que hizo Frederick Cornelius Johan Narizgota!